白驹印记

BAIJU YINJI

高宗武◎著

时代出版传媒股份有限公司
安徽文艺出版社

图书在版编目（ＣＩＰ）数据

白驹印记/高宗武著. —合肥：安徽文艺出版社,2023.1

（2024.11 重印）

ISBN 978-7-5396-7566-4

Ⅰ. ①白… Ⅱ. ①高… Ⅲ. ①诗集－中国－当代

Ⅳ. ①I227

中国版本图书馆 CIP 数据核字(2022)第 193564 号

出版人：姚　巍

责任编辑：柯　谐　　　　　　　　装帧设计：徐　睿

出版发行：安徽文艺出版社　　www.awpub.com

地　　址：合肥市翡翠路 1118 号　邮政编码：230071

营 销 部：(0551)63533889

印　　制：三河市兴国印务有限公司

开本：787×1092　1/32　印张：4.625　字数：50 千字

版次：2023 年 1 月第 1 版

印次：2024 年 11 月第 2 次印刷

定价：38.00 元

目　录

1992~1998 年度

青海行

凛冽朔风西海行，

唐皇宝镜有奇景。

塔儿寺内黄教地，

青海湖边细柳营。

猛士倚滩磨宝剑，

吾等涉水送真心。

若无戍客远征苦，

哪有神州万里晴。

1992 年 11 月 29 日

新大禹治水

恶龙吐雨浪如天，

黑土三江遭水淹。

尧舜望波只叹气，

鲧禹治水理百川。

将军冒雨筑江坝，

战士顶风治水滩。

五彩炼石天洞补，

兴修水利防洪顽。

1998 年 9 月 8 日

2000 年度

寻 梦

十月仲秋淝水寒，

三十年后把乡还。

陈河寻找青春梦，

乡野聚食友谊餐。

海内知青音不绝，

庐阳"插友"谊如山。

他年再有作别日，

把酒举杯更尽欢。

2000 年 10 月 1 日

游黄鹤楼

三月初登黄鹤楼，

举头遥见鹦鹉洲。

只因崔颢诗一首，

楼与人名万古留。

2000 年 3 月 5 日

北国明珠——大连

环渤海畔闪明珠，

濒海环山世界殊。

老虎滩前人潮涌，

棒槌岛上客流逐。

浪涛拍岸碧空净，

骑警巡城美画图。

北海海疆此胜境，

醉得游客忘归途。

2000 年 6 月 16 日

观刘公岛炮台

刘公岛上诉奇哀，

往事如烟滚滚来。

甲午风云忆往昔，

马关耻辱脑中埋。

卧薪尝胆越王志，

发愤图强秦帝才。

岛上炮台依旧在，

神州新页已翻开。

2000 年 6 月 16 日

观芜湖江桥有感

江桥飞架鸠兹城，

凭吊欲寻烈士魂。

梨树花开江口渡，

菊花玉立彩虹成。

江水淘尽风流客，

天堑多出茅以升。

货畅途通民众喜，

躬逢盛世念党恩。

2000 年 11 月 3 日

乐山大佛

海通舞斧九十年，

凿立巨佛三水边。

数丈身高头似斗，

几仞跨肩掌遮天。

大佛成宝镇河患，

僧侣为佛佑宇间。

华夏巨佛文物宝，

乐山乐水代相传。

2000 年 11 月 24 日

2001 年度

重游太湖

重游太湖，立游船上，看烟波浩渺的湖水、起伏的山峦、星帆点点，现代化轮船穿梭，觉得太湖太美了，欣然命笔。

清秋再临太湖边，

十载时光弹指间。

缥缈仙洲观秀色，

起伏西嶂睹青颜。

轮船来往人欢唱，

波浪翻腾鱼乐翩。

吾把太湖喻闭月，

游人心醉夜不眠。

2001 年 9 月 27 日

访苏州

秋菊乍放访苏城，

悠步盘门道上行。

狮子林中真有趣，

留园曲院确幽径。

虎丘斜塔迎佳客，

寺外钟声送贵宾。

一水围城如玉带，

吴侬软语暖人心。

2001 年 10 月 8 日

申城访友

阳春三月到申城，

江水滔滔始翻腾。

雀语鹊声同类语，

弟谈兄讲一样情。

分别乡野情难却，

聚首申城谊更深。

天暖愿君随燕阵，

北飞把酒饮肥津。

2001 年 11 月 7 日

2005 年度

登老龙头

绩麻时览老龙头，

吾辈初登澄海楼。

抬眼碧空云卷动，

低眉海面浪花悠。

第一关败红颜怒，

万里墙倾妇泪流。

若做人生惊骇事，

后人评论语何休？

2005 年 9 月 6 日

谒承德

桂香初谒热河城，

庙宇辉煌天下闻。

棒槌峰上翠然秀，

避暑山庄亭榭新。

美景徜徉心欲醉，

更兼挚友兄弟情。

2005 年 9 月 8 日

游新疆

传说西域好风光，

白露为霜访玉邦。

变色湖中言水怪，

吐鲁番市有高昌。

悟空火焰几租扇，

西母天池巧饰妆。

秋季新疆瓜果累，

葡萄甜美果儿香。

2005 年 9 月 18 日

2006 年度

逛厦门

三角梅开逛鹭岛，

登船出海望金门。

离家游子多年苦，

思念春晖半世情。

海上花园游客醉，

狮山晓雾诗作存。

2006 年 4 月 12 日

访霍山黄芽之乡大化坪

谷雨时节茶叶香，

霍山深处采茶忙。

胸怀紫气黑石渡，

狩猎汉皇金虎乡。

远眺青山卧美人，

近听绿水入淠杭。

山藏美玉无人晓，

愿学振之作褒扬。

2006 年 4 月 23 日

亏损企业改革三章

（一） 破船海中行

风雨交加天未明，

破船冒雨海中行。

船帮开裂桅杆断，

舱内喷泉舵失灵。

夜半盲人险壑至，

三更瞎马深池临。

丹柯何日能出现，

救起船中众万民。

（二） 起锚

满眼漆黑布阴云，

船中呐喊震天庭。

玉皇细问缘何事，

民众应答舟欲沉。

收住风雨天放亮，

派出工匠众欢腾。

鲁班巧手有奇力，

舱补舵修船始行。

（三） 立华林

满眼彩霞天放晴，

丹柯挥臂领航程。

启航首定航行路，

存命当寻立命根。

三步发展谋战略，

五年腾跃立华林。

乘风破浪有时日,

推手两龙应授勋。

2006 年 10 月 16 日

2009～2010 年度

海南行有感

海南鸟瞰似雄鳌，

伏于龙胸抵凤腰。

三亚明珠蓝似碧，

万泉玉带美如妖。

雨林植物有千种，

南海珊瑚成万礁。

又迁琼州新决策，

美人戴冠更妖娆。

2009 年 11 月 26 日

庐山有感

钟秀匡庐鬼斧开，

古今贤圣踏歌来。

诗仙绝句摩石嵌，

苏轼颂诗云雾开。

经略问题早策划，

发展经济巧安排。

众民惠手牵舟渡，

收益多多乐满怀。

2009 年 10 月 31 日

吟青松

钢铸主干铁骨枝，

穿岩破土数千尺。

夏顶炎日神若定，

冬冒酷寒身且直。

磨难千重枝郁绿，

豪情万丈寿无期。

更兼臂膀伸展日，

凉爽人间会有时。

2009 年 7 月 28 日

睹景德镇

峻岭崇山皖赣行，

梅开时睹景德城。

千年小镇起源汉，

万世瓷都响于明。

制碗如同大圣法，

铸缸全靠把桩人。

如若企业永昌盛，

一靠名牌二创新。

2010 年 12 月 19 日

2011 年度

正　月

一元复始万家新，

华夏家家结彩灯。

炮仗声声除旧岁，

烟花闪闪贺新春。

仁德礼仪行天下，

忠孝信诚育万民。

梅朵引来花竞放，

年头将领好心情。

2011 年春节

春

杨柳梳妆似辫丝，

桃李争艳绽开时。

山河披绿暖风醉，

油菜花开游客迷。

淑女千姿如飞燕，

姑娘百态近西施。

无垠风景赏心悦，

飞鸟翔鱼皆乐嬉。

2011 年 4 月 6 日

展绝艺

猎猎红旗迎风摆，

亚明艺馆大门开。

挥毫泼墨寻墨宝，

摄影调焦淘艺才。

如玉珍藏庭里露，

似花织绣馆中排。

员工放胆献绝艺，

才艺源于磨砺来。

2011 年 7 月 1 日

赴新任

梅雨时节报喜来，

东风给力上高台。

仁德君子成模范，

勤政贤人是俊才。

在岗千天为业累，

任期三载让民怀。

茭荷出水显洁雅，

风越凌霄现大牌。

2011 年 7 月 14 日

2012 年度

沐浴安徽庐江金孔雀温泉

东飞孔雀落昆乡，

炫美开屏杭埠旁。

红豆林中藏氧库，

逍遥别院有温汤。

云集宾客沐汤浴，

频至友朋来赏光。

孔雀华清同相较，

同为凤凰奔康庄。

2012 年 7 月 8 日

深秋访德国

长风万里送君行，

陨箨之时访迈森。

天似蓝绸云淡淡，

地如绿毯水清清。

勃兰登堡迎游客，

哥特教堂传诵音。

马恩思想如日月，

中华之梦最当吟。

2012 年 11 月 19 日

观佛子岭水库有感

抚今追梦六十年，

一坝蚕卧两岭间。

山涧成湖水面静，

坝桥连体坝身坚。

千年水患成往事，

万里山河显翠颜。

绿水青山藏宝玉，

神州水库此为先。

2012 年 7 月 29 日

2013 年度

咏　月

广寒宫状似玉盘，

四射银光照宇间。

伐桂有冤无处诉，

冷清无悔意阑珊。

月圆十五赋如浪，

日到中秋诗似泉。

天上人间千古事，

子瞻酒醉诵诗篇。

2013 年 9 月 19 日

访蓬莱仙境

常常梦里访八仙，

丹桂飘香亲睹颜。

方丈瀛洲居海客，

蓬莱长岛有婵娟。

三山仙境景如画，

北海碧波浪似山。

海市蜃楼呈海上，

人间绝景美无边。

2013 年 10 月 3 日

自叙两章

（一）错失光明

癸巳隆冬话当年，

少年时代吾狂癫。

志学错过腑无墨，

而立荒嬉胸有惭。

功力不佳难破壁，

泳术欠缺滞沙滩。

老泉发愤游学海，

赚有三苏齐世篇。

（二）留住时光

济世虽说有点狂，

苦读立志不能忘。

文学哲理攻书累，

术业经略解惑忙。

精气神中出正果，

德仁智里有花香。

稍得收获心中喜，

寻觅一诗作共赏。

2013 年 12 月 26 日

2017 年度

坝上日出

为汪寿康摄影的坝上日出题诗

坝上披纱天色蒙，

草原沐浴暗光中。

轻风阵阵送人爽，

天蓝云淡日渐红。

2017 年 7 月 7 日

美哉西藏

为翟大水同学游西藏照片题诗

布宫坐北面朝东，

鹰隼飞天翱碧空。

遥望西山千古雪，

近观雪域万年峰。

一桥飞架绿波上，

两柱鱼凌瀑布中。

峭壁悬崖江水湍，

美哉西藏吾动容。

2017 年 8 月 16 日

2018 年度

游武夷山

秋风送雁艳阳天,

欲览九曲万仞巅。

玉女峰沉溪水上,

红袍树种壁岩间。

近攀虎啸登天道,

遥看活源出水帘。

高处瀑流琴瑟美,

青山弹唱乐无前。

2018 年 10 月 6 日

上井冈山

秋风引吾上井冈，

心底如潮思绪忙。

黑手忠魂为大业，

红旗义举为国扬。

初心不忘除积弊，

后继传承奔小康。

绽放杜鹃红天下，

黄洋秋色泛崇光。

2018 年 10 月 1 日

雪

龙王摇落玉花飘，

素裹银装寰宇娇。

成就红梅靓名响，

玉成松友志洁高。

保墒锦被稼禾喜，

冰窟严寒蝇害消。

日暮诗成天又雪，

汝牵丰岁岁来朝。

2018 年 12 月 6 日

赞徽派村落

闻说徽式古村庄，

千里皖南山涧藏。

灰瓦砌成麟翅片，

青砖垒起女儿墙。

泉如玉带围村落，

旗有古风发邃光。

美玉出匣待几日，

争当霞客要褒扬。

2018 年 4 月 6 日

雾

茫茫水汽漫失天，

乡野似为仙境边。

气锁海中无舰渡，

烟弥空域莫机旋。

雾中仙女居幽壑，

梦里俊男成洞仙。

满眼山泽深邃远，

只期胜日浴山川。

2018 年 1 月 20 日

2019 年度

江阵子·悼高堂

多日生死两茫茫，自思量，怎能忘？音容笑貌，依旧在身旁。若是转世佛语灵，德惠众，住佛堂。

夜来常梦吾亲娘，木板床，有泪伤。一生勤俭，还要教子忙。恰遇年年肠断日，勿忘祭，吾高堂。

2019 年 1 月 20 日

化春晖于血液

慈母灵魂已入天，

时光荏苒又一年。

不求泪珠似断线，

只化春晖血液间。

2019 年 8 月 28 日

路坦篇

万里黔中一漏天，

神州山水聚其间。

飞流瀑布玉喷溅，

梵净山中望山巅。

七孔泉流颜似碧，

苗乡舞起姿如仙。

历闻贵省地多凹，

盛世犹吟路坦篇。

2019 年 2 月 10 日

周庄行有感

双桥入画是乡情，

壮举逸飞众客惊。

揭起面纱为艳色，

第一水乡似倾城。

2019 年 5 月 1 日

两相知

为小学同学朱先锋上京写的离别诗

秋风万里为情谊，

燕蓟皇城父子依。

舐犊典故今犹在，

楚地京天两相知。

2019 年 8 月 24 日

咏大圩葡萄

青藤架上绿萝多，

架下金茎结蕊珠。

没有张骞西域路，

哪能高架紫络索？

2019 年 8 月 22 日

天下第一泉

发源泺水有诗篇，

珠玑倒飞如玉帘。

云雾蒸腾滋鲁地，

波涛雪浪震齐天。

娥英庙内来仙女，

湖畔荷旁依美娟。

羡杀乾隆挥墨宝，

第一天下此槛泉。

2019 年 9 月 16 日

颂　师

为合肥市蚌埠路第二小学而作

魂牵梦绕六十年，

少小志学在此间。

润物无声琢玉器，

春风化雨润心田。

诲人不倦几多载，

学而勤读数千天。

叶茂根深硕果累，

学生犹唱颂师篇。

2019 年 5 月 20 日

敬吾师

风流儒雅课堂间，

口吐珠玑字正圆。

顿挫抑扬喉常哑，

辛劳苦累胃多寒。

解惑授业熬冬夏，

伐木修枝造舰船。

虽是桃李满天下，

仍学蜡炬泪始干。

2019 年 5 月 20 日

念奴娇·颂八里河景区

　　皖北八里，有河景，夺目光鲜珠宝。迫近淮河，通颍水，千亩湖光水色。世界风光，中华锦绣，犹似蓬莱境。移植图画，却引多少霞客。

　　忆想此地当年，水灾泛滥，滔天白浪，遍地泽国。回首间，改道修湖堪绝，圣地桃源，几条白玉带，拴拿游者。非苏杭地，胜出白练晓月。

2019 年 5 月 4 日

六安独山镇

为孙平老师照片题诗

大雁南飞菊正黄，

尊师雅兴访吾乡。

举头望上云翻滚，

低首望湖鱼正忙。

镇上青砖藏掌故，

山中杜鹃记心房。

秋风吹处粮仓满，

盛世吾乡奔小康。

2019 年 10 月 18 日

2020 年度

虞美人·山水余多少

韶华岁月均已了,山水余多少? 昨宵入梦乘东风,乡野往昔谈笑月明中。

浮生半世存知己,岂会失情谊? 落阳晓月不用愁,犹似骑骥携手往前走。

2020 年 2 月 5 日

从心所欲舞蹁跹

金猪辞旧雨连绵，

瑞鼠迎新又一年。

站立富强近百载，

行稳高远千万年。

江涛如酒贺华诞，

海浪似浆庆梦圆。

风雨同舟随国运，

从心所欲舞蹁跹。

2020 年 1 月 24 日除夕

涓流成海乐融融

家家皆盼子成龙，

母腹练习乐理功。

三岁试读语数外，

垂髫将会贯西中。

揠苗助长苗枯萎，

欲速不达梦落空。

跬步之积行万里，

涓流成海乐融融。

2020 年 1 月 24 日

冬 迟

秋风虽扫旧庭叶，

庭树叶柯仍萧索。

众客实知冬日至，

未觉今夜冷昨宵。

2020 年 11 月 7 日

咏兰花

何时一掬草，

漫洒在盆中。

花开谢杯水，

魂香感东风。

无言情谊在，

格高暖意浓。

清芳澜漫醉，

只盼月月红。

2020 年 4 月 10 日

咏玉兰花

芙蓉移至枝头栽，

红白双颜并蒂开。

堪比贵妃和宜主，

众仙皆是玉山来。

2020 年 3 月 16 日

念奴娇·姮娥献壤

　　抬头望远见长空,桂魄光闪光灭。玉宇琼楼仙居处,遥见吴刚诸列。众仙林林,姮娥起舞,翘首迎嫦娥。如鸾来去,补后羿万年缺。

　　忆当年月登先,两家骄傲,月壤为奇绝。吾厦英才泪满襟,怎奈十年磨剑,揽月九天,姮娥献壤,载誉凯歌返。醉仙拍手,我将欲立峰岳。

2020 年 12 月 6 日

2021 年度

晓风残月忆华年

夕阳山水云海间，

追忆垂髫于眼前。

学友苦学为六载，

同窗勤练数千天。

幼学戏谑春江上，

白首放歌秋浦边。

半世浮生友谊存，

晓风残月忆华年。

2021 年 4 月 17 日

游明堂山

公母皖山云海茫，

传说浪漫世间藏。

金童化变峰天柱，

玉女融为汉祭堂。

武帝筑台临此地，

诗仙避祸驾河旁。

明堂山上传往事，

今古悠悠霞客忙。

2021 年 2 月 13 日

写在三八节的歌

龙首刚抬遇"凤节",

百鹊欣贺众欢谐。

鸳鸯双谱爱情曲,

凰凤共编同心结。

十月怀胎千般苦,

寸心报晖万难却。

悠悠万古光明现,

盛世红装皆俊杰。

2021 年 3 月 8 日

粽 香

端阳粽叶泛清香，

屈子之心永不忘。

路漫求索天暗淡，

道长探究地无光。

华夏迎来新盛世，

锤镰同创业辉煌。

2021 年 6 月 14 日

访洛城

初夏时节访洛城，

白茸绽放浮香魂。

王城园内赏芍药，

白马寺中探古今。

凭吊白园听夜曲，

观瞻石洞望龙门。

白云山上松风唱，

方晓洛阳是吾根。

2021 年 5 月 4 日

悼袁隆平

米神驾鹤恸国哀，

泪似狂风暴雨来。

水稻杂交三两系，

野培育种一法栽。

苍生得惠黎民叩，

仓廪丰硕社稷抬。

端稳饭碗唯大计，

万民永志记胸怀。

2021 年 5 月 23 日

庆祝中国共产党成立 100 周年（诗四首）

（一）新中国成立

华夏千疮夜漫长，

南湖旗绣泛红光。

宣唤民众反封建，

鼓动工农上井冈。

挥戟数年守家园，

持枪多载灭豺狼。

巨龙腾起仰天啸，

天翻地覆慨而慷。

(二)建设社会主义

天安门上众星登，

猎猎红旗飘五星。

宏伟蓝图凭党绘，

海空万里任龙腾。

添砖加瓦建楼厦，

造弹爆核惊鬼神。

面壁十年图破壁，

大厦基础初建成。

(三)建设有中国特色的社会主义

举旗理论要新鲜，

富裕诗作惠手编。

俱进与时春雨下，

科学发展暖泉潺。

润圆珠玑繁华市，

碧瓦朱甍乐业篇。

喜有日晖永照耀，

烟霞如画美人间。

（四）中国特色社会主义新时代

蓟京十月桂花开，

簇拥核心走上台。

横扫蠹虫高圣断，

重拾军魄巧安排。

青山绿水美华夏，

碧海蓝天富众财。

燕舞莺歌花似锦，

家家有梦乐开怀。

2021 年 7 月 1 日

新时代军魂

为纪念中国人民解放军建军 84 周年而作

觉醒不知带战钩，

工农运动永无休。

八一南昌飘义帜，

井冈山上略神州。

如今进入新时代，

叱咤风云数风流。

2021 年 8 月 1 日

初 秋

秋风虽至叶漫天，

绿水众花仍秀颜。

偶遇萧萧落木下，

霜中红叶满人间。

2021 年 9 月 16 日

荷 仙

花中仙子几多千，

绰约风姿是此仙。

群玉山头寻不见，

荷仙仙寓在凡间。

朝迎红日夜戴月，

翠拥芙蓉昼向天。

出水无泥说犹在，

冰琢玉砌润心田。

2021 年 8 月 6 日

荷花颂

连天碧叶无穷际,

沐日芙蓉格外红。

试问凉天何日至?

罗裙玉立唤秋风。

2021 年 8 月 28 日

米兰香魂

绿片葳蕤披碧纱，

桃梨谢后我将发。

春风拂启绿珠叶，

孟夏开出粟米花。

夕阳西下夜伴月，

寒冬腊月日眠家。

无私贡献精气神，

肺腑之香谢绿丫。

2021 年 9 月 1 日

茉莉花

倩影仙姿礼彬彬，

绽苞徐放沁人心。

满枝绿叶无穷碧，

数瓣花朵白如玉。

不奢名声呈艳丽，

但求魂魄上天庭。

花使传诏征群意，

第一花香留美名。

2021 年 12 月 1 日

夏　至

夏至来临温度高，

骄阳似火众心焦。

寻荫小狗将凉纳，

找水老牛把暑消。

浇水就浇喜水稻，

看花就看美人蕉。

另说玉立芰荷美，

美在人间风扇摇。

2021 年 6 月 21 日

游清明上河园

妙手丹青十年功，

东京诸景入园中。

虹桥画舫人头攒，

茶肆商街酒旗风。

上善门楼看国盛，

浮云阁上观日红。

虽说墨卷绝万古，

只叹徽钦北宋空。

2021 年 10 月 6 日

咏天堂寨

（一）

林深仲春气温寒，

山高日丽松涛喧。

白马栈桥似天道，

九影瀑布如玉帘。

（二）

铁流挺进大别山，

支帐谈兵池塘边。

天堂潭水清如许，

银河飞流落人间。

（三）

人间谁说无仙境，

大别首峰人共赏。

湖北罗田风光美，

安徽金寨松涛响。

2021 年 10 月 8 日

黄果树大瀑布

天水如帘四万丈,

捣珠崩玉声似雷。

若无霞客一游记,

哪能与世争光辉?

2021 年 10 月 1 日

马鞍山南湖夜景

为范琪同学南湖悠闲人题诗

湖水平如镜，

上下成倒映。

桥旁垂绿绦，

灯下桃源人。

桥中西子立，

园内林木深。

花团锦簇地，

一幅悠闲景。

2021 年 8 月 26 日

咏石榴

春风着力绣新裳,

满树绣成披绿装。

一树红霞霞似火,

万枝嫩刺刺如芒。

金风玉露润花蕊,

红玉银珠聚瓟房。

不是张骞移引至,

哪能丹若酿琼浆?

2021 年 8 月 29 日

赞公交司机师傅

星辰隐退露霞光，

日光晨曦早起忙。

满载一车如电过，

整装万乘似河漾。

不管酷暑暴风起，

哪论严寒冰雪狂。

像似人之身动脉，

师傅运转是城阳。

2021 年 9 月 5 日

论人生

争论人生言不休，

此题不解使人愁。

只为己乐千夫指，

却向民生孺子牛。

人人发愤圆大梦，

自强小我写春秋。

一辞了结论争事，

基业永欣万古悠。

2021 年 9 月 20 日

风

起于青萍吹绿波，

一年四季有雅说。

春如玉指轻轻捻，

夏似火舌慢慢灼。

落木萧萧摇爽日，

冰天雪地挤人窝。

忽听雁叫西风残，

着力东风正上坡。

2021 年 9 月 29 日

九寨沟水赞

女神镜碎落人间，

碎片成湖写美篇。

天上瑶池移九寨，

人间仙境在沟边。

池中五彩光夺目，

山上瀑叠水溅仙。

五柳先生若在世，

迁居此处是桃源。

2021 年 10 月 6 日

望海潮·九寨沟胜景

人间仙境,天中瑶池,均汇九寨沟边。长海画桥,池出五彩,嵌镶高山之巅。湖翠绿如碧,瀑叠白似雪,妙在山间。彩水夺目,藏情心畅,乐如仙。

寨景四季翻篇,有仲春水绿,沟内花鲜。幽海翠山,荷歌泛夜,激情叠瀑如帘。外落木萧残,内层林尽染,吟赏秋颜。冬塑蓝冰好景,胜迹众追源。

2021 年 11 月 10 日

自　嘲

宣誓五十缺一年，

一生无树愧觉惭。

求源探究多为己，

逐本琢磨少大观。

粟种落成钢铁地，

花果结在冶金圈。

赋闲常忆自嘲事，

后辈当知写胜篇。

2021 年 10 月 14 日

探 海

暴雨倾盆近万年，

百川发狂涌其间。

怒吼水碧深千米，

咆哮浪急高溅天。

张力玄奇生万物，

色泽鲜妙有油烷。

隼鹰海燕皆来会，

叱咤风云驾舰船。

2021 年 10 月 16 日

巡　天

感于 2021 年 10 月 16 日,神舟十三号将 3 名宇航员送入空间站之后而作。

乘坐神舟跃上天,

亚平翟叶已成仙。

腾云俯瞰山川美,

驾雾仰观星际蓝。

鹰隼崖穴挡雨冷,

人仙宫内避风寒。

空间站里获成果,

六个月时把家还。

2021 年 10 月 16 日

大美黄山

排云亭看日出红，

破雾穿云照诸峰。

幽谷溪流图画里，

山间云海胜景中。

飞来石上藏神话，

百丈瀑泉挂壁空。

大美黄山高万丈，

人人盛赞玉屏松。

2021 年 11 月 18 日

都江堰李冰赞

岷江滚滚浪排空，

肆虐洪魔唱大风。

泛滥黄河禹王治，

狂奔恶水李冰攻。

横堤百丈分江患，

沙堰千尺缓水峰。

丰岁乐哉随众意，

当推太守立奇功。

2021 年 10 月 28 日

菊花颂

紫茎碧叶压秋霜，

朵朵菊花送暗香。

不与牡丹争艳丽，

哪同静客斗芬芳。

仙人妙指种植术，

道士宣道避祸浆。

成药美食民众喜，

千姿媚态使人狂。

2021 年 10 月 26 日

念奴娇·北京颂

越穿远古,武王封蓟地,曰知天下。日下八百年岁月,辽至元明清哑。东望渤海,西抚太行,北枕居庸,南襟河济,上苍豪赐华夏。

宫殿林立辉煌,庙坛神赞,园景如油画。城内景区多翠幕,北海颐园风雅。太液秋风,卢沟晓月,游客凭潇洒。新人追梦,定差风雪惊诧。

2021 年 11 月 26 日

上海赞

枕江负海曰春申，

都会繁华通海津。

黄浦外滩滩景美，

静安寺内内藏经。

豫园楼有西山雨，

塔顶珠含居易魂。

兴业路边寻大梦，

终得天下拥倾城。

2021 年 11 月 6 日

赞庐州

庐阳近海不出名，

常被称为大县城。

虽有张辽曹将冢，

兼出包拯宋朝臣。

忽听赤兔嘶鸣响，

犹见大师绘画神。

展翅鲲鹏求奋起，

人人盛赞是创新。

2021 年 11 月 12 日

清风阁观景

清风阁上闻清风，

俯眼观景入画中。

祠内静听铡美戏，

亭心轻唱入风松。

西河野鸟饮廉水，

东岸芙蓉沐日红。

铁面无私生浩气，

悠悠万古颂包公。

2021 年 11 月 19 日

学　蚕

时光自古去无极，

恰似箭发未可期。

人生苦短争日月，

美好岁月吝朝夕。

雁叫南飞留声鸣，

雪后马奔显骥迹。

短暂有涯不应堕，

学蚕丝吐尽时宜。

2021 年 11 月 26 日

女儿之歌

当你是窈窕淑女,貌美如花的时候,你俘获多少小伙的心房;

当你披上婚纱,为人妻的时候,你撩动多少英雄的心肠;

当你为人媳的时候,你用你的孝使家和睦安康。

当你为人母的时候,你的乳汁使多少儿女茁壮成长;

当人们翻开史册的时候,花木兰传奇使人敬仰;

当人们看现代剧的时候,江竹筠凛然使人激昂;

再让人们看当代科技战线:屠呦呦、陈薇更是旗帜高高飘扬。

这就是女儿的爱情曲、母爱曲、家庭曲、事业曲,曲曲有情,曲曲如高山流水,音色和美,澎湃激昂。

2021 年 12 月 1 日

新时代钢铁工人之歌

同志,你到过钢城吗?

想必你一定到过。

你,一定见过了钢铁工人手握钢钎的伟躯,

是他们构成了祖国的钢筋铁骨。

你,一定目睹了炼钢炉中燃烧迸射的钢花,

那钢花像满天星斗在炉前飞舞。

你,一定看过了喷薄而下的钢水,

好似那朝霞映照下的高山瀑布。

你,一定听过了轧机声隆隆,

那轧机声如同仙乐由音乐家奏出。

凉风习习的清晨,当你在蒙眬中醒来,

我们的钢铁工人看着炉膛的钢花心潮澎湃;

烈日当空的中午,当你在电风扇下歇凉,

我们的钢铁工人正唱着钢水之歌激昂豪迈;

寒风刺骨的夜晚,当你在暖气中进入梦乡,

我们的钢铁工人将一吨吨钢材轧得如此气派。

钢水,凝固成钢铁,

祖国永远忘不了你,是你支撑共和国大厦;

钢花,激荡的音符,

祖国永远记得你,是你推动了工业的前进步伐。

钢水,钢花,

多么像黑暗中的闪电,

多么像拨云化雾的日月光华,

多么像明澈的河流,

多么像冲锋陷阵的千军万马。

如今你碰上了新的伟大时代，

但你不屈不挠，拼搏奋进。

虽然你是钢筋铁骨，

但也需经市场大潮摔打。

虽然是棘荆丛生，山重无路，

但你时时跳动着智慧火花。

你一定能唱出新时代最优美的钢铁工人之歌，

你一定能绘出中国钢铁企业的《蒙娜丽莎》。

2021 年 12 月 5 日

钢城的火车

清晨,你迎着朝阳,

精神抖擞地将煤、铁矿、云石送入货场。

中午,你喷吐着白烟,

不辞辛苦地把铁水和钢钉运进厂房。

傍晚,你身披着晚霞,

满怀喜悦地把装满钢材的节节车皮送进仓库存放。

深夜,你沐浴着月色,

不知疲倦地过路穿厂将钢城的人们送入梦乡。

你似雄狮般昂首走过春天、秋天,

你发出的鸣声是生产捷报歌声在唱;

你似骏马奔腾跨过了夏季、冬季,

你发出哗啦哗啦的声音是经济效益的乐章在响。

三百六十五个日日夜夜循环往复，

你像人体跳动的脉搏给钢城人们带来希望之光。

2021 年 12 月 9 日